Álvaro Mag

Crónicas del...

Libro 10

¡Pilladme si podéis!

Ilustraciones de
Carlos J. Campos

pirueta

El abuelo

El padre

La madre

Valentín

Dientecilla

Milhombres

Madroño

SNIF
SNIF

CAPÍTULO I

NO DIGAS ESA PALABRA: AMOR

Valentín y Lin, *el Sombra*, iban camino del aeropuerto, donde los esperaba el avión que los llevaría a Roma.

—¿Estás listo? —preguntó el Sombra.

Valentín no respondió: estaba ensimismado en sus sentimientos contradictorios. Ansiaba buscar a Diana, vivir una segunda vida normal y había sido escogido para salvar la Tierra.

Lin, el Sombra, le leyó la mente.

SI NO SALVAS EL MUNDO, TAMPOCO SALVARÁS A TU AMOR, NI A TU FAMILIA.

LO SÉ... PERO NECESITO IR A CASA A POR UNAS COSAS Y A DESPEDIRME. NO SÉ QUÉ VA A SER DE MÍ...

ES PELIGROSO. SI SABEN YA QUIÉN ERES, ESTARÁN ALLÍ ESPERÁNDOTE. Y, POR LO QUE SÉ, UN CAZADOR DE VAMPIROS PERSIGUE A TU FAMILIA. PARECE SER QUE SE ESCONDIERON EN LA CASA DEL SÓTANO SECRETO...

—¿No podemos llegar hasta allí por los túneles? —preguntó Valentín—. Era lo que hacía el bisabuelo, que vivía allí... —El Sombra se rascó la cabeza con la mano libre—. Anda, vamos —pidió Valentín.

OK, PERO SOLO DISPONEMOS DE MEDIA HORA PARA ELLO.

Mientras, Diana y *Psi* corrían hacia el jardín donde Diana se había dejado a *Puff*, el osito de peluche. *Psi*, que era un perro viejo, ya estaba con la lengua fuera.

—No es un peluche cualquiera —le explicó ella—. Guarda un secreto muy importante.

Psi debió entenderlo, porque reunió las últimas fuerzas que le quedaban y la siguió.

¡Ay, *Puff*! Ahora lo tenía en brazos una niña que lo había encontrado. Lo acariciaba, pero su madre quería arrancárselo de las manos.

—¡Está tan viejo, puede tener microbios!

La niña lo apretó contra su pecho y le dijo a su madre que lo había oído llorar de miedo y frío. Las madres se lo creen todo, pero ese no fue el caso.

¡SUÉLTALO!

La niña lloraba abrazada a *Puff*, pero la madre se lo arrancó de las manos y lo tiró al suelo.

Después tiró de la niña hacia la entrada del metro, por la que ambas desaparecieron poco después.

Y allí se quedó *Puff*, abandonado en el suelo. Un perro lo olió y siguió su camino, un niño le dio una patada que lo mandó a la vereda del paseo. Comenzó a llover con fuerza y la gente corrió a resguardarse. El agua empujó a *Puff* hacia la cuneta y de allí al torrente, calle abajo, junto a colillas y latas de cerveza vacías. Más adelante había un desagüe. Iba a parar a la oscuridad de las alcantarillas. Iba a **MORIR**, eso era lo que iba a pasar. ¿Los osos de peluche no mueren? Depende del oso, evidentemente.

Ay, si pudiera usar los brazos para agarrarse a alguna cosa… No podía, pero alguien lo agarró de un pie justo en el momento en que iba a caer. Después el hombre lo cogió, le sacudió el agua del pelo (¡AY, QUÉ BIEN!) y se lo llevó.

A su hija pequeña le gustaría el peluche. Él no tenía **DINERO** para comprarle uno mejor. Y allí iba *Puff*, inquieto, pensando en lo que tenía por delante. ¿Los osos de peluche no piensan? Depende del oso, evidentemente.

12

Pocos minutos después, Diana, sin aliento, llegó al jardín, pero *Puff* ya no estaba. *Psi* husmeó el banco y el aire y ladró tres veces «diciendo» que había hallado el rastro. Solo que justo después lo perdió por la lluvia, o quizá porque estaba cada vez más viejo y con menos olfato.

13

En el sótano secreto de la casa de los Perestrelo,
Dientecilla acababa de ordenar los papeles
del bisabuelo cuando entró el abuelo, despavorido.

–¡EL CAZADOR! –gritó él–. Iba a matarme...
Tenía una estaca afilada en la mano. ¡Y un martillo!

¡AY, DIOS! ¿QUIÉN ERA? ¿EL GORDO DEL TRAJE, AQUEL DE MIS SUEÑOS?

ESE MISMO. NO CONSEGUIMOS ENGAÑARLO. NI CON LA CREMA DE DÍA NI CON EL NOMBRE FALSO. SABE QUIÉNES SOMOS.

—Basta con darle con una sartén en la cabeza —dijo Celeste, que acababa de llegar.

—Es verdad, Celeste me ha salvado —confesó el abuelo.

> LE HE DADO BIEN, PERO EL HOMBRE ES OBSTINADO. ES MEJOR QUE OS QUEDÉIS POR AQUÍ. CUANDO EL PADRE Y LA MADRE LLEGUEN, LOS TRAERÉ PARA ACÁ.

Dicho esto, Celeste subió a la casa principal. Ella no tenía problemas con el cazador de vampiros, era más bien el cazador el que los tendría si se la encontraba. Podía incluso acabar recibiendo con la sartén.

¿Y no estaba el cazador preparándose ya en casa para una nueva expedición? Estaba entusiasmado (y también bastante resfriado).

—Pues, sí. Madroño —respondió Madroño—.
¡Achís! Ya me lo había advertido mi mujer.

—Déjese ya de su mujer, que ahora está trabajando.
Y, ya que hablamos de trabajar, vamos.

Bajaron las escaleras del edificio sin hacer ruido,
como dos ladrones, para que las dos vecinas,
Gloria y Felicidad, no los vieran.

Milhombres movió la cabeza.

NO DIGA TONTERÍAS, HOMBRE.
SI HAY TANTO SUFRIMIENTO EN EL MUNDO,
ES POR CULPA DEL *Amor*. ADEMÁS, EL *Amor* ES
PARA QUIEN NO TIENE NADA MÁS QUE HACER Y ANDA
POR AHÍ REVOLOTEANDO. NOSOTROS TENEMOS
QUE CAZAR, CAZAR, CAZAR...

Hacía años que no pronunciaba esa palabra:
«Amor». Y, de repente, la había pronunciado dos
veces seguidas y solo para hablar mal del Amor.
El Amor no bromea con estas cosas y, a veces, castiga
a quien habla mal de él para dejárselo claro.

Hacía buen tiempo. El cielo estaba despejado, sin nubes, pero había una nube dos metros por encima de la cabeza de Milhombres. Era una nube blanca, como las demás, pero también rosada como si, de repente, se hubiera ruborizado.

Milhombres avanzó y la nube avanzó, siempre por encima de su cabeza. Después se detuvo de repente y la nube también se paró.

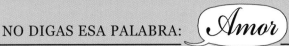

Después saltó e intentó espantar a la nube,
sin dejar de saltar. Pero no llegaba hasta ella.
Entonces le habló amablemente y se quejó,
pero ella no le escuchaba. Al final, la amenazó
con un insecticida, pero no se asustaba.

Fue entonces cuando Milhombres dio media vuelta
y entró en el edificio.

—¿No íbamos de caza? —preguntó Madroño.

¿NO LO VE?
ESTOY SOÑANDO QUE VOY
A SALIR DE CASA Y QUE HAY
UNA NUBE ROSADA QUE NO SE
MARCHA DE ENCIMA
DE MI CABEZA.

—Quizá también le gusta —dijo Madroño riendo—.
Y tenga en cuenta que no está soñando.
Está usted bien despierto.

—¿Sí? —preguntó Milhombres, desconfiado—.
Cuando estamos despiertos no tenemos una nube
rosada por encima de la cabeza.

Pero así era, así era. Volvió a salir y allí estaba
la nube, esperándolo.

CAPÍTULO II
LA NUBE ROSADA

Milhombres salió a la calle y la nube lo acompañó
en su camino, dos metros por encima de su cabeza.
Si iba más lento, ella iba más lenta; si él corría,
ella corría (y corría de verdad).

Entró en una tienda y ella se quedó fuera, esperándolo, como si fuera una nube amaestrada, domesticada, casera. Él salió por la puerta de atrás de la tienda para despistarla, pero la nube sobrevoló las casas y lo alcanzó por el otro lado.

Y lo estaba. Para él, pobre, siempre hacía el mismo tiempo: NUBLADO .

—Estos días están pasando muchas cosas extrañas —dijo Madroño—. En el pueblo de mi mujer, una gallina nació con pico de pato y un cerdo nació con bigotes de gato.

—Déjese de disparates, que aún me pone peor —dijo Milhombres, y siguió andando, con la nube rosada por encima de la cabeza, como si fuera un sombrero.

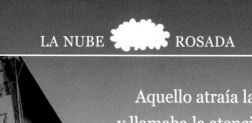
Aquello atraía las miradas
y llamaba la atención
de quien pasaba.

¿TE HAS MIRADO HOY
AL ESPEJO, HOMBRE?

¡ESTÁ
ENAMORADO!

¡QUÉ VANIDOSO!
TIENE UN PARTE
DEL TIEMPO SOLO
PARA ÉL.

¡TIENE
VERGÜENZA,
ESTÁ GORDO!

Milhombres se detuvo (y la nube rosa, por encima de él, también).

—¿Ha oído eso? Dicen que estoy

Enamorado

Es lo que quiere decir la nube rosada. ¿Será verdad?

—¿Enamorado de quién? —preguntó Madroño.

—No sé. Quizá significa que me voy a enamorar. ¡Dios me libre! No sé, me siento raro, eso es verdad. Sea como sea, no podemos seguir así.

Milhombres dio media vuelta y la nube también.
Madroño no se movió.

—¿Volvemos atrás? —preguntó.

—Vamos al garaje a buscar el coche —explicó Milhombres—. Tenemos que escapar de esta nube.

El ayudante se quedó boquiabierto, asombrado.

—¿El coche? ¿Cuánto hace que no conduce usted? —preguntó.

Milhombres movió la cabeza, pensando.

LA ÚLTIMA VEZ FUE CUANDO… MIRE, NO ME ACUERDO. PERO NUNCA SE OLVIDA, ES COMO IR EN BICICLETA.

El coche de Milhombres era un viejo Citroën
que había sido de su padre y estaba en muy mal
estado. Más valía no usarlo.

—Ya no hacen coches como este —dijo Milhombres
haciendo fuerza para abrir la puerta atrancada.

—Pues no —asintió Madroño—. Están todos
en los MUSEOS.

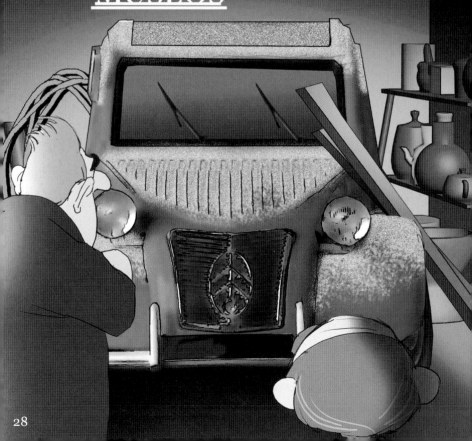

Dentro había telarañas y olía a moho.
Los muelles de los asientos chirriaron doloridos
cuando Milhombres y Madroño se sentaron.
El motor no funcionaba por falta de uso
o cualquiera sabe por qué.

—¿Cuándo fue la última vez que puso gasolina?
—preguntó Madroño.

—No me acuerdo. Creo que fue el año pasado…

—Entonces es eso. No tiene gasolina.

Así que **EMPUJARON**
el coche hasta una gasolinera,
con mucho esfuerzo.

Mientras, en casa de los Perestrelo, la familia, reunida en el sótano secreto, discutía los últimos acontecimientos: desde el ataque del cazador de vampiros hasta la historia de amor del tatarabuelo italiano, que se había cambiado el nombre de «Pipistrello» por el de «Perestrelo».

31

—¿Cómo va él a salvar el mundo? —preguntó la madre, contrariada—. Es solo un muchacho delgaducho, que siempre está resfriado.

Hablaban de Valentín y, de repente, apareció en el salón.

¿CÓMO HAS VENIDO?

POR LOS TÚNELES DE LA CIUDAD. EL BISABUELO LOS USABA. PERO NO TENGO MUCHO TIEMPO. SOLO QUERÍA DESPEDIRME. VOY A SALVAR EL MUNDO, SOY EL ELEGIDO. ESE LÍO, YA SABÉIS... YA ME GUSTARÍA NO SER NADA. ¿Y SABÉIS QUE TAMBIÉN DESCENDEMOS DEL GRAN PISPITRELLO, POR EL...?

Dientecilla sonrió orgullosa y luego preguntó:

—Y el *Mundo de Allá* ¿cómo es?

—No lo quieras saber, Dientecilla. Es como *el de Acá*, pero sin sol ni cielo. No me sorprende que quieran ocupar nuestro mundo.

—Hablando de eso... —recordó Dientecilla—.
Vino una muchacha preguntando por ti...

Valentín se alteró.

—¿Diana? ¿Era Diana?

—No dijo su nombre.

—¿Cómo era?

Dientecilla la describió tal como la recordaba.

NO ES ASÍ.
NO SUELE LLEVAR GAFAS,
POR EJEMPLO. PERO PUEDE
QUE FUERA DISFRAZADA.
QUIZÁ LA PERSIGUEN.

HA HUIDO DEL MUNDO DE ALLÁ Y TIENE UNOS DOCUMENTOS QUE PUEDEN AYUDAR A SALVAR LA TIERRA. ERA ELLA, SEGURO QUE ERA ELLA. ¿QUIÉN IBA A SER? Y YO NO ESTABA...

DIJO QUE VOLVERÍA.

PERO NO HABRÁ NADIE EN CASA. NUNCA LA ENCONTRARÉ, HAGA LO QUE HAGA.

En un instante, Valentín pasó de la euforia a la tristeza más profunda. Pero ¿no es eso el Amor precisamente?

En ese momento, el coche de Milhombres ya estaba en movimiento, soltando espesas nubes de humo negro. La NUBE ROSADA ya no se veía. En su lugar, había una mucho mayor de humo negro que no paraba de crecer.

—¡Ah, hemos despistado a la dichosa nube! —se jactó Milhombres.

Mientras, la nube de humo negro intoxicaba a toda la gente. Por donde pasaba el coche, todos tosían y se tapaban la boca y la nariz.

¡AAARF! ¡COF! ¡COF! ¡COF!

Cuando llegaron cerca de la casa de los Perestrelo,
Milhombres paró el coche y apagó el motor,
que soltó un largo suspiro, tan largo que pareció
el último que daría.

Madroño salió para inspeccionar el terreno
y ver que no andaba por allí el cazador de cazadores
de vampiros. Era lo único que les faltaba.
Pero no había rastro de él ni de la nube rosada.
En su lugar, la NUBE DE HUMO NEGRO
que subía por el aire tapaba la luz del día
en aquel tramo de la calle.

CAPÍTULO III

HAY OTRO MUNDO, DESDE LUEGO QUE SÍ

Milhombres y Madroño vieron a Celeste
salir de la casa de los Perestrelo
y entraron por la ventana de costumbre.
Paso a paso, recorrieron la casa,
en la que no había nadie.

— **¡HAN HUIDO!** Se han asustado —dijo Madroño.

En ese momento, estaban en el cuarto de Valentín, el último que habían inspeccionado. Milhombres vio la caja de música del bisabuelo y la hizo sonar.

Mundo de Allá, Mundo de Allá.
Hay otro mundo, desde luego que sí.
Os lo digo yo, que lo vi.
Lo llaman Mundo de Allá,
pero está aquí.

Es un mundo de gente como nosotros,
cuya vida nunca acaba,
gente que se cree muerta y enterrada
y que todavía vive.

Milhombres prestó atención.

—¿Ha oído eso? «Hay otro mundo, de gente que se cree muerta y enterrada y que sigue viva.»

¡Vampiros!

Hay otro mundo, solo de ellos, y está aquí.

Sobre la mesita de noche, estaba también el cuaderno azul en el que Valentín escribía sus crónicas y Milhombres se sentó en el borde de la cama a leerlo. Cuanto más leía, más boquiabierto se quedaba.

41

Era verdad. Eran pasos de gente, que cada vez se acercaban más a ellos.

—Escóndase —susurró Milhombres, metiéndose debajo de la cama.

Madroño lo ayudó a esconderse, porque la barriga no entraba y, enseguida, se metió en el armario.

Pocos segundos después, se abrió la puerta y Valentín entró en la habitación. Iba a buscar el cuaderno azul en el que escribía sus crónicas. Miró alrededor, para despedirse de sus cosas, de la cama también, donde se dejó caer y dio dos saltos que APLASTARON la barriga de Milhombres.

Celeste apareció y se dirigió a Valentín.

> DATE PRISA, AHORA ES PELIGROSO ESTAR AQUÍ ARRIBA.

—No puedo, ni aunque quisiera —respondió Valentín cogiendo su diario—. Me espera un avión en el aeropuerto.

Cuando Valentín se fue, Madroño salió del armario y ayudó a Milhombres a salir de debajo de la cama.

> ¡QUÉ DOLOR DE BARRIGA! ¡ME LA HA APLASTADO!

> Y TAMBIÉN SE HA LLEVADO EL CUADERNO. AHÍ SE HA ESFUMADO NUESTRA PRUEBA.

43

NADA DE ESO. LO QUE INTERESA ES QUE AHORA SABEMOS QUE EXISTE EL MUNDO SECRETO DE LOS VAMPIROS. ¡QUÉ DESCUBRIMIENTO!

QUIZÁ VIENEN DE ALLÍ LOS CAZADORES DE CAZADORES DE VAMPIROS.

—Quizá —concordó Milhombres con la garganta seca—. Sea como sea, es un gran descubrimiento. Esto sí es la Glo...

—Profesor, no lo diga...
—lo interrumpió Madroño.

ES VERDAD...

Se quedaron esperando, pero no pasó nada.
No apareció la vecina Gloria, ni se abrió
un agujero bajo sus pies. Nada. Pero sonó el móvil
de Milhombres, que pocas veces sonaba.
Lo cogió y era Gloria.

Salieron de la habitación, subieron las escaleras,
saltaron por la ventana, atravesaron el jardín
de la entrada y llegaron a la calle.

45

—Aún estoy pensando... —dijo Milhombres—.
¿Cómo me ha oído la vecina decir su nombre?

ES NORMAL.
ÚLTIMAMENTE, PASAN COSAS RARAS.
EN EL PUEBLO DE MI MUJER,
UN LIMONERO HA DADO HABICHUELAS;
UN PERAL, GRANADAS; UN PINO, MELONES;
Y UN CASTAÑO, MANZANAS.

¡LE VOY A DAR CON ALGO,
SI NO DEJA YA ESO!
¡NO LO SOPORTO!

HAY OTRO MUNDO, *DESDE LUEGO QUE SÍ*

Mientras, Diana se había refugiado en casa
de Alejo el florista con *Psi*. No tenía adónde ir.
Mantenía la puerta de la tienda cerrada y se escondía
cuando tocaban el timbre. Hasta que, de repente,
Psi comenzó a ladrar de un modo especial,
intentando abrir la puerta de la calle.

¡GUAU, GUAU, GUAU, GUAU!*

✷ ALLÁ VA *Puff*, HA PASADO POR LA PUERTA.

«Dijo» eso ladrando y ladrando.
Diana no entendió nada, pero se puso a pensar.

—**¡PUFF!** —dijo entonces—.
¿Has dado con el rastro de *Puff*?

Psi ladró diciendo que sí y, esta vez,
ella lo entendió.

—Vamos —dijo ella—. Por mí, te sigo hasta el fin
del mundo.

Puff acababa de pasar por la puerta. Lo llevaba en
la mano el hombre que lo había recogido en el jardín
y que había pasado por allí, camino de casa, en un
autobús lleno. Poco después, llegó a la barraca
donde dormía, en un suburbio. Quería darle el oso
de peluche a su hija, que vivía con su madre en
una barraca de otro barrio.

Por eso, puso a *Puff* a secar, al lado de la ropa limpia.
Y allí se quedó, colgando de una oreja en una cuerda.

Desde allí, quizá podía ver a Diana
que venía a salvarlo. Dicen que
los peluches no sienten nada,
pero él sentía que ella estaba de camino.

Y estaba de camino, con *Psi* siguiendo el rastro,
muy concentrado. Subieron una colina,
espantaron algunas lagartijas,
tropezaron con piedras y, al fin,
llegaron a una barraca,
un terreno baldío.
El hombre de la barraca
se encontró con ellos
y se enteró
de que lo buscaban.

—Disculpe, he perdido un oso de peluche
y mi perro, que lo conoce bien, me ha traído hasta
aquí —dijo Diana.

ESTE PERRO ES EXTRAORDINARIO. HE ENCONTRADO UN OSO COMPLETAMENTE MOJADO EN LA CALLE, ES VERDAD. ESTÁ EN LA PARTE DE ATRÁS, SECÁNDOSE EN EL TENDEDERO.

Fueron allí, pero *Puff* ya no estaba en la cuerda.
Lo habían robado dos niños que pasaban por allí.
Habían atravesado el barrio entero
dándole patadas.

Cansados de él, que ni siquiera era una pelota, acabaron por abandonarlo. Y allí se quedó *Puff*, en medio de la hierba, perdido de nuevo, sin una mano que lo cogiera o un pecho calentito donde apoyarse.

DIANA, DIANA, ¿POR QUÉ ME HAS ABANDONADO?

Diana estaba allí cerca.
Pero él no podía gritar «¡Estoy aquí!»
y ella no tenía olfato para detectarlo
(y *Psi* tampoco, quizá porque había empezado a llover
o porque ya no era el mismo perro de antes).

51

CAPÍTULO IV

NUBES NEGRAS EN EL AIRE

Tras las despedidas, Valentín volvió con el Sombra, a la superficie y al coche. Ellos no lo sabían, pero los vigilaba la Brigada 7 de los Purasangre, formada por tres vampiros Purasangre: un jefe, al que le gustaba dejar claro que estaba al mando, y dos soldados, uno gordo y uno delgado.

—¿No será al contrario? —preguntó el soldado
gordo.

—¡Es como dije y se acabó! ¿Acaso no soy el jefe
de esta brigada? ¡Y las órdenes son: coger, retener,
detener, prender, abatir, lo que sea necesario!

—¿A quién? ¿Al muchacho o al guardaespaldas?
—preguntó el soldado delgado.

¡AL MUCHACHO! ¡Y AL CHINO TAMBIÉN!

OK, YA SABEMOS QUE ES EL JEFE, NO HACE FALTA GRITAR.

Al mismo tiempo, también en las inmediaciones de la casa de los Perestrelo, Matilde Melo, la tía de Diana, entraba en el coche, donde Granjola seguía leyendo el mismo diario deportivo.

AL AEROPUERTO. EL MUCHACHO VA PARA ALLÁ. ES EL ELEGIDO, EL QUE DICEN QUE VERÁ EL COMETA Y VA A SALVAR EL MUNDO. SEGURO QUE POR ESO LO BUSCA DIANA. SI ESTAMOS CERCA DE ÉL, LA ENCONTRAREMOS.

—Ok —dijo Granjola acelerando—. Lo peor es el tiempo. Hacía tan buen tiempo y, de repente, se ha cubierto todo de nubes negras como el carbón. ¿Irá a llover?

Allí al lado, el coche de Milhombres, la máquina de hacer nubes negras, volvía a funcionar.

ESTO PARECE UNA CAFETERA. O UN ASADOR DE CASTAÑAS. ¿ADÓNDE VAMOS AHORA?

AL AEROPUERTO. ¿NO LO HA OÍDO? EL MUCHACHO VA PARA ALLÁ. Y VA A LLEVARNOS ALLÍ AL MUNDO DE ALLÁ. QUIZÁ HAY UNA ENTRADA A ESE MUNDO.

TRRR TUP TUP TUP TUP TUP TUF

El coche arrancó mientras él cantaba.

MUNDO DE ALLÁ, MUNDO DE ALLÁ,
HAY OTRO MUNDO, DESDE LUEGO
QUE SÍ. OS LO DIGO YO, QUE LO VI.
LO LLAMAN MUNDO DE ALLÁ,
PERO ESTÁ AQUÍ.

Las nubes negras de humo iban en aumento.
De la otra, la rosada, no quedaba rastro. Al menos
eso pensó Milhombres, que estaba en las nubes con el
descubrimiento de la existencia del Mundo de Allá.
Ya de pequeño, su padre le había hablado de ese
mundo secreto que estaba en algún lugar.
Y era verdad. ¿Quién lo iba a decir?

Iba tan distraído, Milhombres, pensando en todo eso, que se equivocó y cogió una calle en sentido prohibido. Los conductores de los demás coches, que venían en sentido contrario, paraban, pitaban. Algunos incluso sacaban la cabeza por la ventanilla para insultarlos.

Entonces, oyeron en la radio del coche una noticia.

LA EXTRAÑA ACUMULACIÓN DE NUBES NEGRAS SOBRE LA CIUDAD, CUYO ORIGEN SE DESCONOCE, SE ESTÁ VINCULANDO A LA LLEGADA DEL COMETA. CON LOS OJOS PUESTOS EN EL CIELO, LA GENTE ESPERA LO PEOR.

NUBES NEGRAS. NO VEO DÓNDE.

En el coche, ya cerca del aeropuerto, el Sombra alargó un brazo hacia el asiento trasero, donde estaba su precioso maletín negro.

Sacó un aparato, semejante a un móvil, que encendió con el pulgar. En la pantalla aparecieron tres luces rojas, ondulantes.

¿VES ESTAS TRES LUCES? INDICAN QUE LOS PURASANGRE ESTÁN CERCA. SON TRES Y, POR EL TAMAÑO DE LAS LUCES, ESTÁN JUSTO DETRÁS DE NOSOTROS.

¿Y *Puff*? No se olviden
de él, pobre.

Un perro callejero, que buscaba comida, lo encontró
en medio de la hierba y lo cogió entre los dientes.
Ay, si los peluches pudieran hablar, este pediría:
«No aprietes tanto». Sí, iba apretado, pero, al menos,
iba camino de algún sitio.

El perro cruzó la calle sin mirar a ambos lados
y estuvo a punto de que lo atropellaran. Con el susto,
soltó a *Puff* en medio de la calzada.

Poco después, empezó a llover y el agua y el viento lo empujaron a la cuneta. La lluvia apretó y lo devolvió al torrente. Y así aprendió que esta ciudad está inclinada hacia el río, el lugar al que fue a parar después de recorrer la Ribera, como cualquier turista. No lo habían atropellado, pero ahora iba camino de morir ahogado.

Cayó al río justo al lado del puente y fue a parar a la corriente. ¿Los osos de peluche no saben nadar? Depende del oso, evidentemente. *Puff*, por ejemplo, sabía mantenerse a flote: bastaba con hacerse

Así, después de mucho flotar, fue a parar a Foz. Entonces se hizo aún más ligero y las olas lo llevaron hasta la playa.

Y allí se quedó, bocarriba, en la arena mojada, incapaz de arrastrarse más lejos, pensando en Diana.

Ay, Diana. Había vuelto a la tienda de Alejo, decepcionada, y también muy cansada, y estaba en el invernadero, con *Psi*, descansando. Sin querer, cayó en un sueño leve y soñó que *Puff* estaba en la playa del Rompeolas, en Foz, que ella conocía tan bien. *Puff* la llamaba.

DIANA, DIANA, ¿POR QUÉ ME HAS ABANDONADO?

Cuando Diana se despertó, enseguida pensó
en ello. Era solo un sueño, una pista improbable, pero
era mejor que estar allí en la tienda de Alejo sin hacer
nada. Así que decidió comprobar aquella hipótesis.

VAMOS, *PSI*. ESTA VEZ HE SIDO
YO LA QUE HE HALLADO EL RASTRO.
ME APETECE LADRAR. ¡GUAU, GUAU!
¿LO HAS ENTENDIDO?

Él dijo: ¡GUAU, GUAU!
es decir: «Lo he entendido».
¿Y qué no entendía *Psi*?

CAPÍTULO V

VIDA DE PELUCHE
Y OTROS PROBLEMAS

Puff estaba en la playa, esperando no se sabe qué.
Al menos estaba en tierra firme, al sol, secándose.

Apareció un hombre,
lo recogió con cuidado
y se lo llevó a casa. También
había tenido un oso
de aquellos cuando era
pequeño. Se acordó de todo
aquello mientras cuidaba
a *Puff*.

Ah, si los peluches
pudieran agradecer, *Puff* le habría agradecido tanto
cariño. Ya había notado que estaba en buenas manos
cuando miró hacia el salón, donde había una vitrina
con otros peluches de colección.

Sabía que los coleccionistas tratan bien a sus peluches y que todos los días los miran durante un rato. Algunos hasta les hablan, como Diana le hablaba a él. Después de lo que había pasado, no se podía quejar...

Mientras, Valentín y el Sombra entraban en el aeropuerto, después de confirmar, con aquel aparato, que los Purasangre seguían cerca.

Era verdad. Uno de ellos, el jefe de la **Brigada 7**, estaba junto a la puerta de entrada, atento a quién llegaba y pasaba, mientras que sus dos soldados estaban dentro, mezclados con la multitud.

Cuando el jefe vio pasar a Valentín y al Sombra, dio la señal a sus hombres, que se pegaron a ellos.

—Vamos a ver, ¿cuál es el siguiente vuelo regular? —se preguntó el Sombra, mirando en la pantalla los horarios de salida—. Eso es: Ámsterdam. Bueno, nos va perfecto. Puerta 18. Vamos.

¿UN AVIÓN SOLO PARA NOSOTROS?

NO TE EMOCIONES, ES PEQUEÑITO.

De repente, cayó sobre la zona una niebla baja. Bastaba con mirar al exterior a través de los cristales: solo se veían las cosas más próximas. Milhombres acababa de llegar al aeropuerto y, como si no le bastara con la nube rosada y, además, con las nubes negras del coche, también le cayó encima la niebla.

Sin percatarse de eso, se subió con el coche
a la acera mientras aparcaba frente a la puerta
principal y atropelló al jefe de la **Brigada 7**,
que estaba de espaldas, hablando por
el móvil, y que fue a parar diez
metros más allá.

¡PUUUM!

En ese momento, también llegó al aeropuerto
Matilde Melo, seguida de Granjola. Buscaron
a Valentín por todas partes y acabaron por verlo
en la sala de embarque del vuelo a Ámsterdam.

Justo allí al lado, los dos soldados de la **Brigada 7** se extrañaron de que el jefe no respondiera a sus llamadas y fueron a buscarlo. Llegaron afuera justo a tiempo de verlo salir en una ambulancia, camino del hospital.

Se callaron durante unos instantes.

Todavía confusos, volvieron a la terminal
de embarque, donde seguían Valentín y el Sombra.

—Yo me quedo aquí y tú te acercas a ellos, no vayan a intentar huir —dijo el delgado.

—¿Lo ves? —dijo el gordo, negando con la cabeza—. Podríamos hacerlo al revés, digo yo. Soy un soldado como tú. Si no hay jefe, o si hay dos, siempre hay dos posibilidades.

HAY UNA MANERA DE RESOLVER ESTO. LA TRADICIONAL.

RMNE SMNRR FNFRSS, MNQRFS OHNRI..

El soldado delgado lanzó una moneda al aire. Salió que él se quedaba allí y el otro se marchó a regañadientes.

Entonces llegó Milhombres, seguido de Madroño.

—¡ALLÍ ESTÁ EL MUCHACHO! —dijo Madroño, señalando a Valentín.

Milhombres tropezó y eso fue la causa de todos los males: resbaló y se agarró a una escalera que estaba allí mismo, a mano. Encima de la escalera, había un hombre moviendo la placa del falso techo. Y para abajo que fue el hombre. ¿Y dónde fue a caer?

Encima del soldado delgado, que se había ganado el derecho a estar allí. Pensaba que había ganado, pero había perdido. Y ya era el segundo al que Milhombres dejaba fuera de combate. Ni el **EXTERMINADOR** Y lo hacía sin querer, sin darse cuenta siquiera.

El otro soldado, el gordo, oyó el ruido y volvió corriendo. Su compañero ya iba camino del hospital en una ambulancia.

«JEFE, AL FIN —pensó— JEFE DE MÍ MISMO, PERO JEFE, SÍ.»

Así que, desde ese momento en adelante, solo haría lo que él mismo mandara. Ya no estaría a las órdenes de nadie. Entonces, tomó su primera decisión como jefe y llamó a la Central para describir el desastre y pedir que mandaran otra brigada.

PETICIÓN ACEPTADA. SE DESPLAZA LA BRIGADA 9. SIGA LA PISTA AL MUCHACHO Y HAGA LO QUE TENGA QUE HACER MIENTRAS LLEGAN.

AHORA MISMO. COMUNICACIÓN TERMINADA.

Como buen jefe, dio su primera orden: «¡TRAS ELLOS!». Y luego, como buen soldado, obedeció.

Mientras, Diana llegó a la playa donde *Puff* había ido a parar. No estaba allí y eso le supuso una gran desilusión. Tenía casi la certeza de que el sueño era real, un aviso, una comunicación.

Pero *Puff* había estado allí, realmente, y *Psi* halló su rastro. Allí estaba de nuevo, ladrando, dando vueltas alrededor de sí mismo, celebrándolo. Y, sí, tenía motivos: estaban otra vez sobre la pista de *Puff*.

No anduvieron mucho. El hombre que había recogido a *Puff* vivía en el paseo marítimo. Diana llamó al timbre de la casa y él mismo abrió la puerta.

PERDONE QUE LE MOLESTE, PERO BUSCAMOS UN *OSO DE PELUCHE*, VIEJECITO, MUY DESGASTADO, EL POBRE, Y QUE…

BUENO, ME LO ENCONTRÉ EN LA PLAYA, MUY MALTRECHO. PERO ¿CÓMO HAS LLEGADO HASTA AQUÍ?

—Fue este perro —respondió Diana—. Halló
su rastro después de que yo soñara que estaba
en la playa.

El hombre no lo entendió, pero les pidió que
entraran. Fueron a la cocina, donde había dejado
a *Puff* secándose, al calor de los fogones.
Pero ya no estaba allí.

ESTABA AQUÍ

LO HE TIRADO A LA
BASURA. ESTABA DESCOSIDO
Y PODÍA TENER MICROBIOS Y
PEGARNOS ENFERMEDADES.

Corrieron a la basura, pero ya se la habían llevado.

NO TENEMOS NADA DE SUERTE.

Y *Psi* movió
la cabeza para decir
que sí,
que era verdad.

El coleccionista empezó otra discusión con
su mujer y Diana y *Psi* dieron una vuelta,
por si el perro volvía a encontrar el rastro de *Puff*.
Pero nada.

CAPÍTULO VI

PERDIDOS EN LA NIEBLA

En el aeropuerto, Valentín y el Sombra llegaron a la pista. No se veía nada con la niebla. El Sombra volvió a abrir el maletín negro y sacó dos pares de gafas especiales.

Cuando necesitaba alguna cosa, el Sombra
abría aquel maletín, lo removía todo y acababa
encontrándola. Como si el maletín no tuviera fondo.

Las gafas para niebla les ayudaron bastante
y el Sombra fue derecho al pequeño avión que iba
a llevarlos a Roma. ¿Acaso el avión no estaba allí…?
¿O era tan pequeño que pasaba desapercibido?

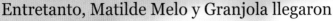

Entretanto, Matilde Melo y Granjola llegaron a la pista.

SERÁ MEJOR QUE NOS DEMOS LAS MANOS O NOS SEPARAREMOS.

¿SEPARARNOS? PERFECTO.

En ese momento, Milhombres y Madroño también llegaron a la pista.

¿ESTÁ LOCO? ¿SE CREE QUE SOMOS NIÑOS PEQUEÑOS?

¿Y SI NOS DIÉRAMOS LAS MANOS PARA NO SEPARARNOS?

Aún no habían acabado de hablar y ya se habían perdido de vista.

Y todavía quedaba el Purasangre superviviente de la **Brigada 7**, pero ese creyó más prudente no aventurarse en la pista. No se veía nada. Eso pensaba el **soldado** que era, pero el **jefe de la brigada**, que también lo era, le mandó avanzar.

Y avanzó, qué remedio.

Allí estaban: siete almas perdidas en la niebla, sin saber nada las unas de las otras. A veces, se cruzaban y se tocaban, pero ni siquiera se daban cuenta. Una de las veces, Milhombres vio el rostro de Matilde Melo, que luego se disipó, como en un sueño.

Acto seguido, le salieron una serie de corazoncitos rojos por los ojos. Cuando se recuperó, volvió al sitio de donde había venido y casi chocó de frente con el terrible Granjola, el cazador de cazadores de vampiros.

—¡ MADROÑO, MADROÑO !

—gritó Milhombres, palpando el aire para no chocar con nadie más.

Y acabó chocando con Madroño, que seguía en el mismo sitio.

—Ve, profesor, era mejor darnos las manos —dijo el ayudante.

Y la nube rosada, en lo alto, lo contemplaba todo.

A esas alturas, el Sombra abría el portalón de hierro del hangar 18. Entraron los dos, él y Valentín, y allí estaba el avión que debía llevarlos a Roma. El piloto acababa de aparcarlo e iba a salir.

—¿Por qué no se ponen nombres a las noches? —preguntó el Sombra.

—Porque la mitad de la vida nos es desconocida —respondió el piloto.

Era el [SANTO Y SEÑA] Todo estaba bien, salvo el tiempo.

LO PEOR ES LA NIEBLA…
LA TORRE DE CONTROL NO ME DEJA
DESPEGAR. TENEMOS QUE ESPERAR
A QUE LEVANTE LA NIEBLA.

—No podemos esperar —dijo el Sombra—. En ese caso, no cuente con nosotros.

—Ok —respondió el piloto—. Estoy allí dentro, en el despacho, por si cambian de idea.

El piloto salió del hangar. Valentín y el Sombra también. Se cruzaron con Matilde Melo y Granjola, que venían en sentido contrario, sin que ninguno de ellos se diera cuenta.

Granjola abrió el portalón de hierro del hangar y Matilde entró.

NO HAY NADIE. JURARÍA QUE LOS HABÍA VISTO ENTRAR AQUÍ…

Oyeron chirriar el portalón de hierro, tras ellos, y se escondieron en un almacén lleno de herramientas y piezas antiguas.

Milhombres y Madroño entraron en el hangar.

> NO HAY NADIE.

> JURARÍA QUE LOS HABÍA VISTO ENTRAR AQUÍ… QUIZÁ SE HAN ESCONDIDO…

Decidido, el viejo cazador abrió la puerta del almacén y vio el rostro de Matilde Melo. Cerró la puerta de repente y se puso a pensar. Le perseguía aquella visión. Primero en la niebla, ahora allí, en un almacén.

Con el corazón latiendo, volvió a abrir aquella puerta y vio el rostro horrendo de Granjola, el cazador de cazadores de vampiros.

Volvió a cerrar la puerta y huyó hacia la niebla. Abrió la puerta del hangar con tanta fuerza que el tercer Purasangre de la **Brigada 7**, que iba a entrar, fue a dar contra ella y salió volando.

Milhombres ni se dio cuenta. Salió de allí
y no se detuvo hasta llegar a la gran sala de espera
del aeropuerto.

Madroño, que también corrió, llegó más tarde
y lo encontró sentado en una silla, jadeando, con
el cabello desgreñado.

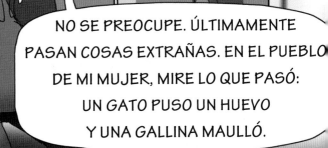

¿QUÉ HA PASADO, PROFESOR?

VISIONES. PRIMERO BUENAS, DESPUÉS MALAS. ¿SERÁ LA FIEBRE? ¿EL RESFRIADO?

NO SE PREOCUPE. ÚLTIMAMENTE PASAN COSAS EXTRAÑAS. EN EL PUEBLO DE MI MUJER, MIRE LO QUE PASÓ: UN *GATO* PUSO UN HUEVO Y UNA *GALLINA* MAULLÓ.

¡DEJE YA ESO! ¿NO VE QUE PERDIMOS NUESTRA PISTA PARA EL MUNDO SECRETO DE LOS VAMPIROS? LO ÚNICO BUENO ES QUE SABEMOS DÓNDE VIVE EL MUCHACHO, DONDE TODAVÍA ESTÁN, ESCONDIDOS COMO RATONES, LOS OTROS PERESTRELO. LA CAZA CONTINÚA.

Por su parte, Valentín y el Sombra llegaron al aparcamiento, donde estaba el coche, y el Sombra puso su reloj en marcha. Claro que no era un reloj como los demás, aunque también diera la hora.

Sonó una alarma y se encendió una luz roja en el centro de la esfera. El Sombra dio un paso atrás y empujó a Valentín.

HAN PUESTO UNA BOMBA EN EL COCHE. VAMOS EN METRO. ¡DEPRISA, CORRE!

Estaba a punto de salir un tren y corrieron para cogerlo.

Matilde y Granjola también llegaron a la puerta, a tiempo de verlos entrar en el metro. Corrieron y consiguieron entrar en el último vagón.

La persecución continuaba.

Por su parte, Milhombres y Madroño regresaron al coche, que estaba mal aparcado a la entrada del aeropuerto. Y allí estaba de nuevo la máquina de hacer nubes negras, en movimiento. La niebla había levantado, pero con el humo negro que soltaba el coche ni se notaba.

Milhombres metió la marcha atrás sin querer y tocó de refilón a un coche que iba a gran velocidad. Era el coche con los tres vampiros Purasangre de la **Brigada** 9, que se desvió y chocó contra un camión cargado de fruta que venía en dirección contraria. El exterminio también continuaba.

Aquel viejo cazador, incluso sin querer, sin darse cuenta, cazaba.

El soldado que ahora también era el jefe de la **Brigada 7** llegó a la entrada, todavía mareado y aturdido por el portazo. Cuando vio aquello, llamó a la Central.

> LA BRIGADA 9 HA SUFRIDO UN ACCIDENTE. SEGURO QUE HA SIDO EL MISMO GORDO QUE ACABÓ CON MIS DOS COMPAÑEROS Y QUE ME HA ATACADO. ESE HOMBRE TIENE UNA FUERZA DESCOMUNAL.

—¿Qué ha sido eso? ¿No ha oído un ruido? —preguntó Milhombres.

—Un coche se ha estrellado allí atrás —dijo Madroño.

—¡Ah!

Siguieron su camino y, más adelante, llegaron a una rotonda en obras

—¿Y SI VAMOS POR LA AVENIDA BAJA Y DESPUÉS SUBIMOS POR LA CALLE DE LA GLORIA? —sugirió Milhombres.

—OH, PROFESOR, ¿SE DA CUENTA DE LO QUE HA DICHO?

¿YO? HE DICHO QUE FUÉRAMOS POR LA CALLE DE LA GLO…

CAPÍTULO VII

PROBLEMAS EN LA CASA DE LA MÚSICA

El Sombra y Valentín salieron del metro en la Rotonda de Buenavista y fueron en dirección a la Casa de la Música, allí al lado. El Sombra era el que sabía lo que hacía. Valentín solo le seguía.

—¿Vamos a ir a algún concierto? —preguntó.

—No, vamos a ir al Mundo de Allá. Esta es la puerta más cercana.

—¿Volvemos abajo? ¿A su mundo?

—Sí, hay un tren superrápido que nos llevará a Roma, vía Madrid, en un instante.

BUEN PLAN. VAMOS A METERNOS EN LA BOCA DEL LOBO.

NO SERÁ ASÍ, SI EL LOBO NO NOS ESTÁ ESPERANDO. ES EL ÚNICO SITIO DONDE NO NOS VAN A BUSCAR.

Entraron en la Casa de la Música y subieron por las escaleras al primer piso. Ya estaban casi arriba cuando apareció Granjola, que salió no se sabe de dónde, y agarró a Valentín del brazo.

Pero Granjola tenía una fuerza increíble y Valentín parecía una pluma ligera en sus manos.

El Sombra reaccionó y recibió un golpe que lo lanzó por los aires, junto al maletín negro. Pero él también tenía sus argumentos.

Se levantó y le aplicó una sencilla
llave seguida de una patada que
lo hizo rodar escaleras abajo.
Al fondo de las escaleras, estaba
Matilde Melo, que, boquiabierta,
se apartó para dejar pasar
a Granjola.

Entretanto, Milhombres y Madroño salieron
del agujero y abandonaron el coche, que continuaba
soltando humo negro, como si estuviera todavía
en movimiento. Fueron a pie a casa.

ME PASÓ DOS VECES. LA PRIMERA VEZ, VI A AQUELLA
SEÑORA DISTINTA Y AUSTERA; LA SEGUNDA,
VI A AQUELLA BESTIA CUADRADA DEL CAZADOR
DE CAZADORES DE VAMPIROS

—Ya veo —dijo Madroño—. Amor a primera vista y horror a la segunda.

Milhombres protestó:

—¡Ni *Amor*, ni nada! ¡Dios me libre! El *Amor* es una enfermedad, una plaga. ¿No lo sabe?

DIVORCIOS
PELEAS
CRIMENES
TRAICIONES
DESGRACIAS
ENFERMEDADES
SUICIDIOS

Sea lo que sea, si indagamos qué pasó, la culpa es siempre del *Amor*. Es una maldición. Y nadie se libra de ella. Basta con tener corazón.

Como dijo «Amor», y dos veces, apareció una nube rosada por encima de su cabeza.

Estaban llegando a casa. La vecina Gloria estaba en la ventana, poniendo a secar un cuadro, y vio a Milhombres con una nube encima.

Por casualidad, la otra vecina, Felicidad, estaba
llegando en un taxi del estudio de grabación y también
vio a Milhombres con la nube rosada encima.

¡VEAN AL GRAN CAZADOR! LO HA CAZADO EL AMOR.
YA SABÍA YO QUE NO SE ME PODRÍA RESISTIR
DURANTE MUCHO TIEMPO.

Milhombres y Madroño entraron en el edificio
y la nube rosada se quedó por allí, como un coche
aparcado en la puerta de casa, esperando a su dueño.
Cuando Milhombres iba a entrar en casa, abatido
y desorientado, Gloria apareció en la escalera del piso
de abajo, sin que él hubiera dicho su nombre.
Esas cosas pasan. Y si solo fuera eso...

103

En las escaleras del piso de arriba, también apareció Felicidad, buscándolo.

—Ay, el Amor está en el aire —dijo Madroño—. Quien quiera que lo coja. Yo me voy a casa, hace dos días que no veo a mi mujer.

—¿También usted me abandona? —preguntó Milhombres, que se metió rápidamente en casa para escapar de las vecinas.

En la Casa de la Música, el Sombra usó un detector.

—Hay otro cerca —dijo, mirando a su alrededor, no fuera a caerle encima otro matón.

—Es una mujer y nos está siguiendo. Vamos a entrar en el ascensor por el que se accede al Mundo de Allá y ella creerá que vamos hacia allá.

¿Y YA NO VAMOS?

SI NOS SIGUE, TENEMOS QUE CAMBIAR EL PLAN. VAMOS EN COCHE A LISBOA, DONDE NO SUELE HABER NIEBLA Y ALLÍ PODEMOS COGER EL AVIÓN A ROMA.

Entraron en el ascensor, que también servía de paso al Mundo de Allá a quien tenía acceso a los códigos, pero salieron por el aparcamiento y, de ahí, al exterior.

Ya fuera, el Sombra pidió un coche por el móvil y, mientras llegaba, se puso a ordenar el maletín.

NO TE PONGAS NERVIOSO. TODO SE VA A ARREGLAR.

Mientras, en el interior de la Casa de la Música, Matilde Melo hacía una llamada.

EL MUCHACHO, EL ELEGIDO, HA PASADO CON SU GUARDAESPALDAS AL MUNDO DE ALLÁ POR EL PASO DE LA CASA DE LA MÚSICA. NO TIENEN UN PELO DE TONTOS. VAN AL ÚNICO SITIO DONDE NADIE LOS BUSCARÍA.

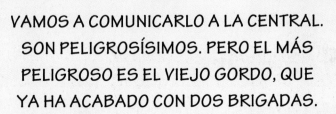

VAMOS A COMUNICARLO A LA CENTRAL. SON PELIGROSÍSIMOS. PERO EL MÁS PELIGROSO ES EL VIEJO GORDO, QUE YA HA ACABADO CON DOS BRIGADAS.

No muy lejos de allí, *Puff* seguía en medio de la basura. El hombre que lo llevaba, en un carrito, se fijó en él, con aquellos dos ojitos redondos que lo miraban.

PARECE QUE ESTÉS VIVO, PIDIENDO QUE SE OCUPEN DE TI. ANDA, VEN AQUÍ, HOMBRE. TÚ NO ERES BASURA. VIENES CONMIGO A CASA. SERÁS MI PELUCHE DE LA SUERTE.

Dicho esto y, mientras acariciaba el pelo de *Puff*, tropezó con una piedra y se cayó. Resultado: se hizo un arañazo en una rodilla y se le rompieron las gafas graduadas, que le habían costado lo suyo.

Irritado, se levantó y lanzó a *Puff* lejos.

¡LARGO DE AQUÍ, HOMBRE!
PELUCHE DE LA SUERTE…
YA VEO QUE SOLO ME TRAES
MALA SUERTE.

Y allá acabó *Puff*. Se quedó en medio de la calle, boca arriba. Pasó un niño y le dio una patada que lo mandó al otro lado de la calle, donde ya no sé si pensó o dijo:

DIANA, DIANA, ¿POR QUÉ
ME HAS ABANDONADO?

Índice

I. No digas esa palabra: Amor 6

II. La nube rosada 22

III. Hay otro mundo, desde luego que sí 38

IV. Nubes negras en el aire 52

V. Vida de peluche y otros problemas 64

VI. Perdidos en la niebla 80

VII. Problemas en la Casa de la Música 96

Títulos publicados